I Can!

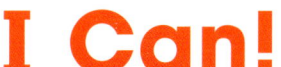

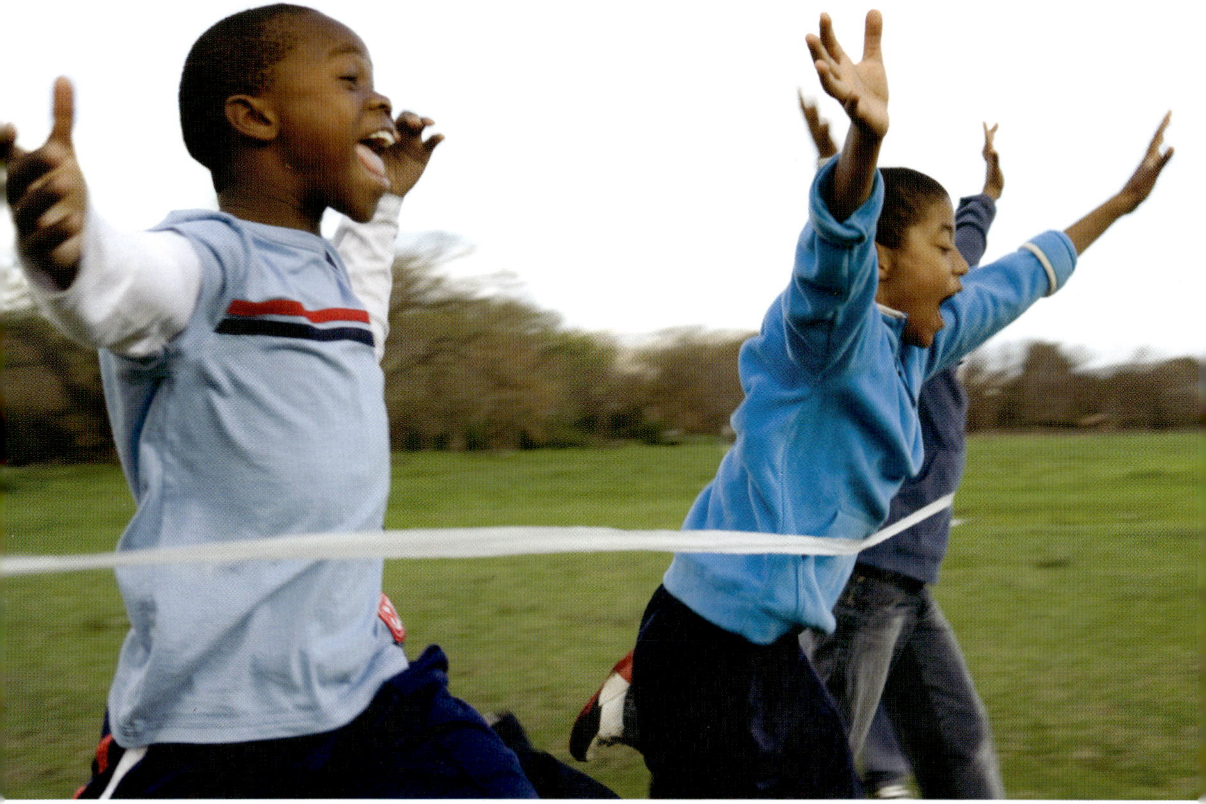

by Mickey Daronco

I see the sun!

I can run and run.

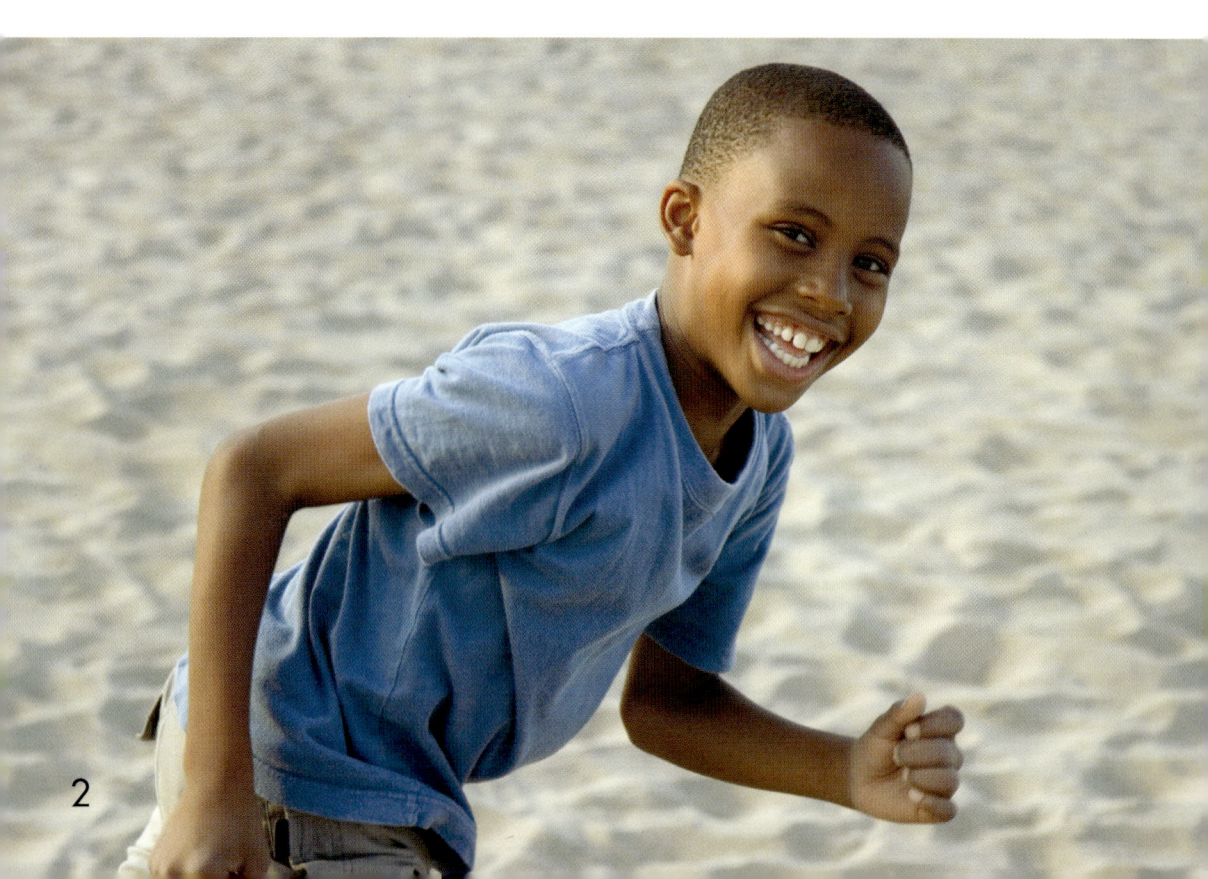

I see my dad.
I can hug him.

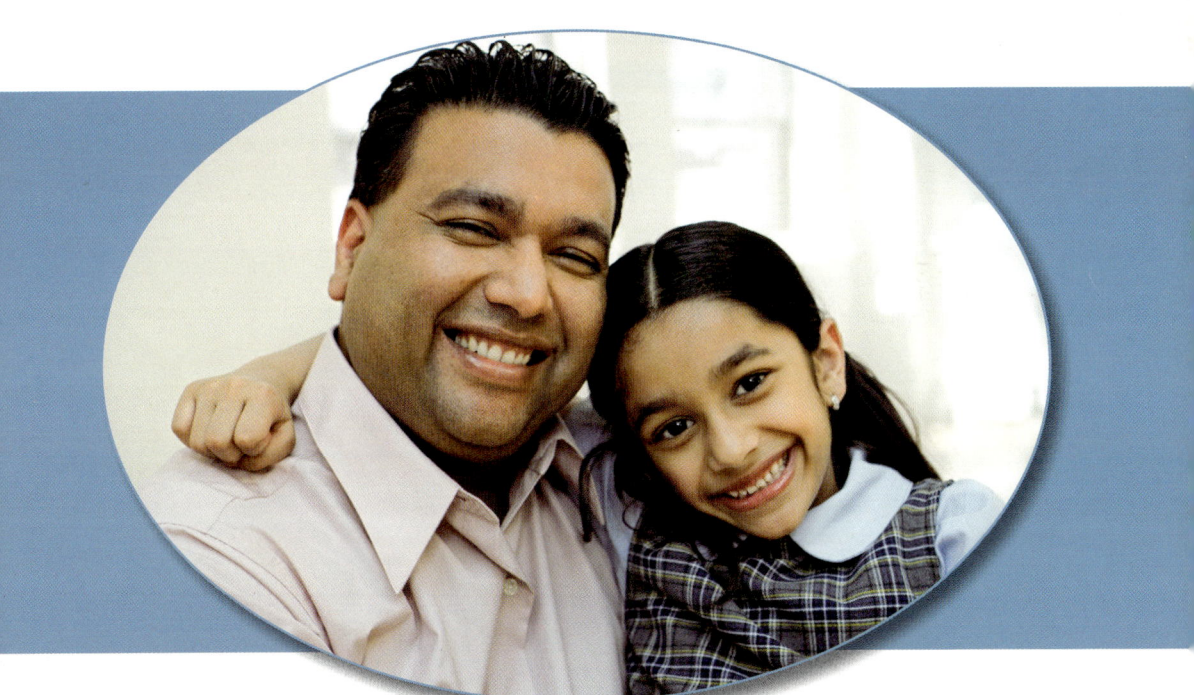

I see my cup.
I can sip and sip.

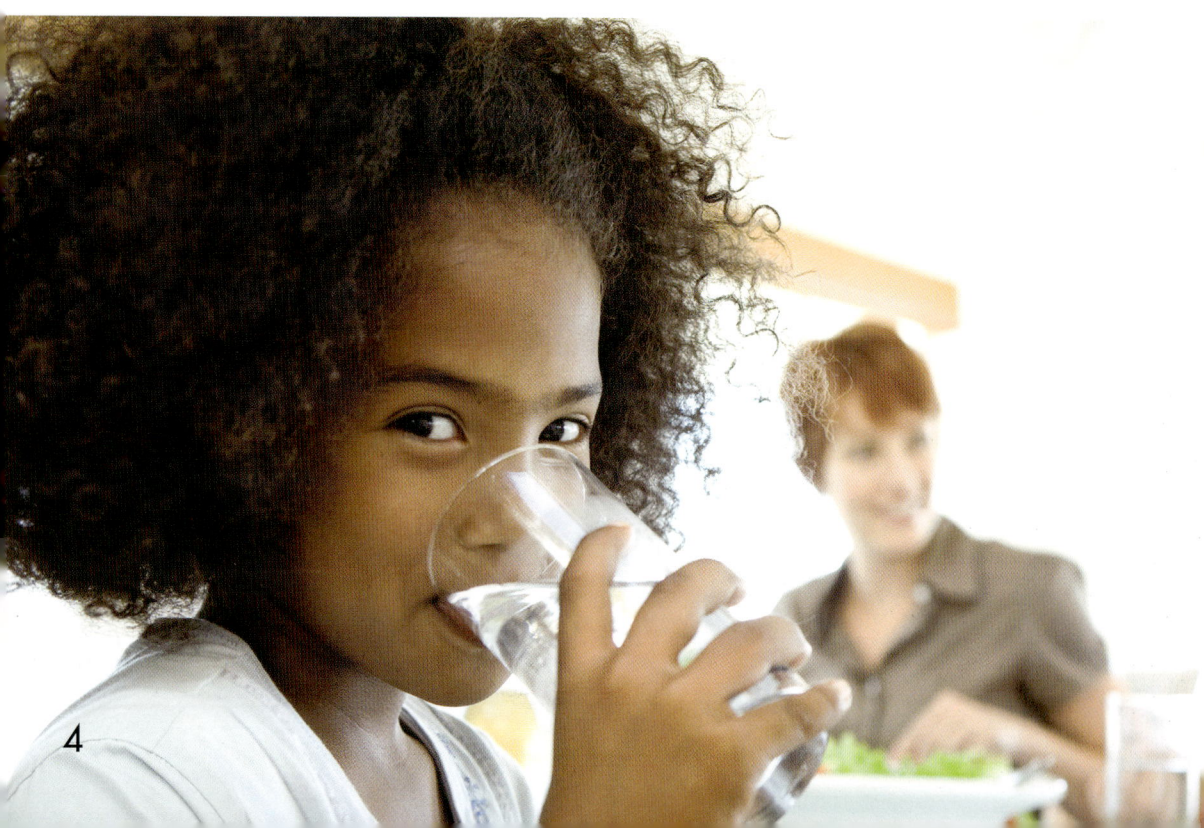

I see the bus.
I can get on.

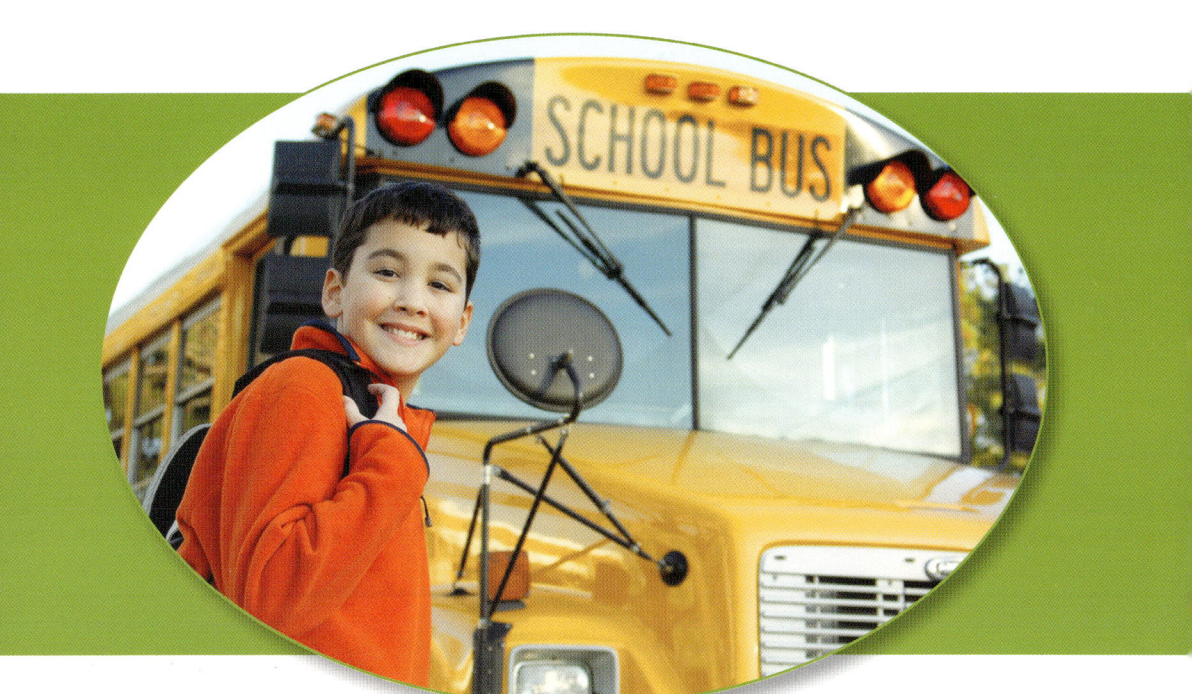

I see the rug.
I can nap.

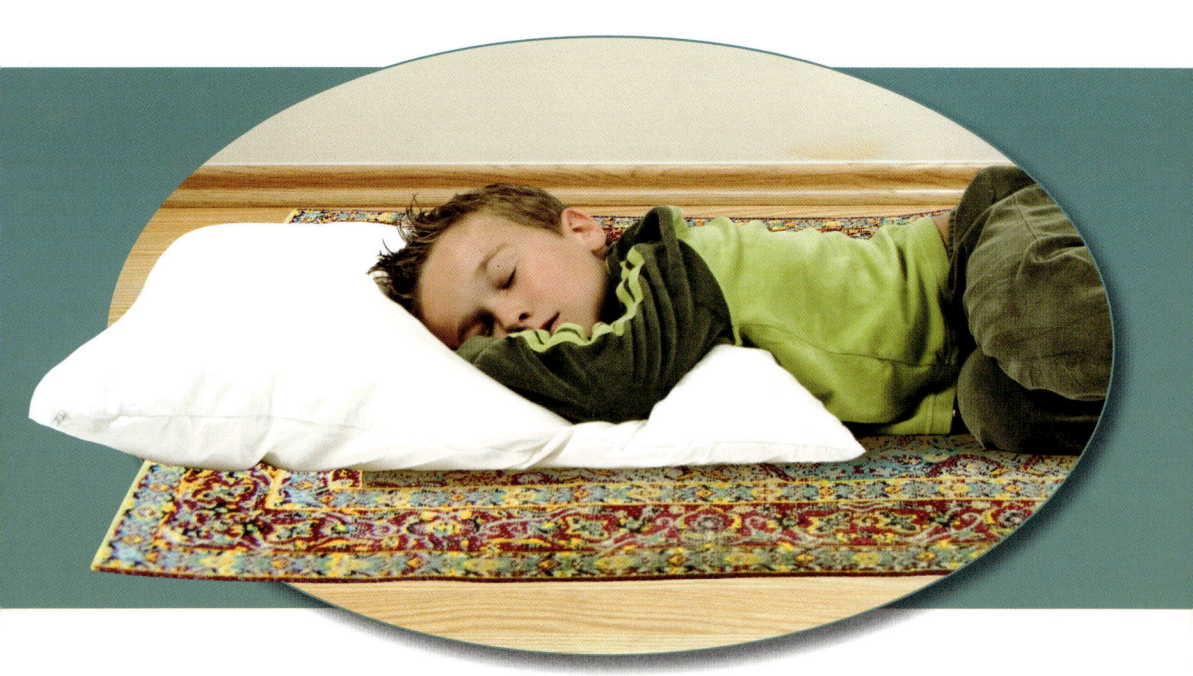

I see the track.
I can zig and zag.

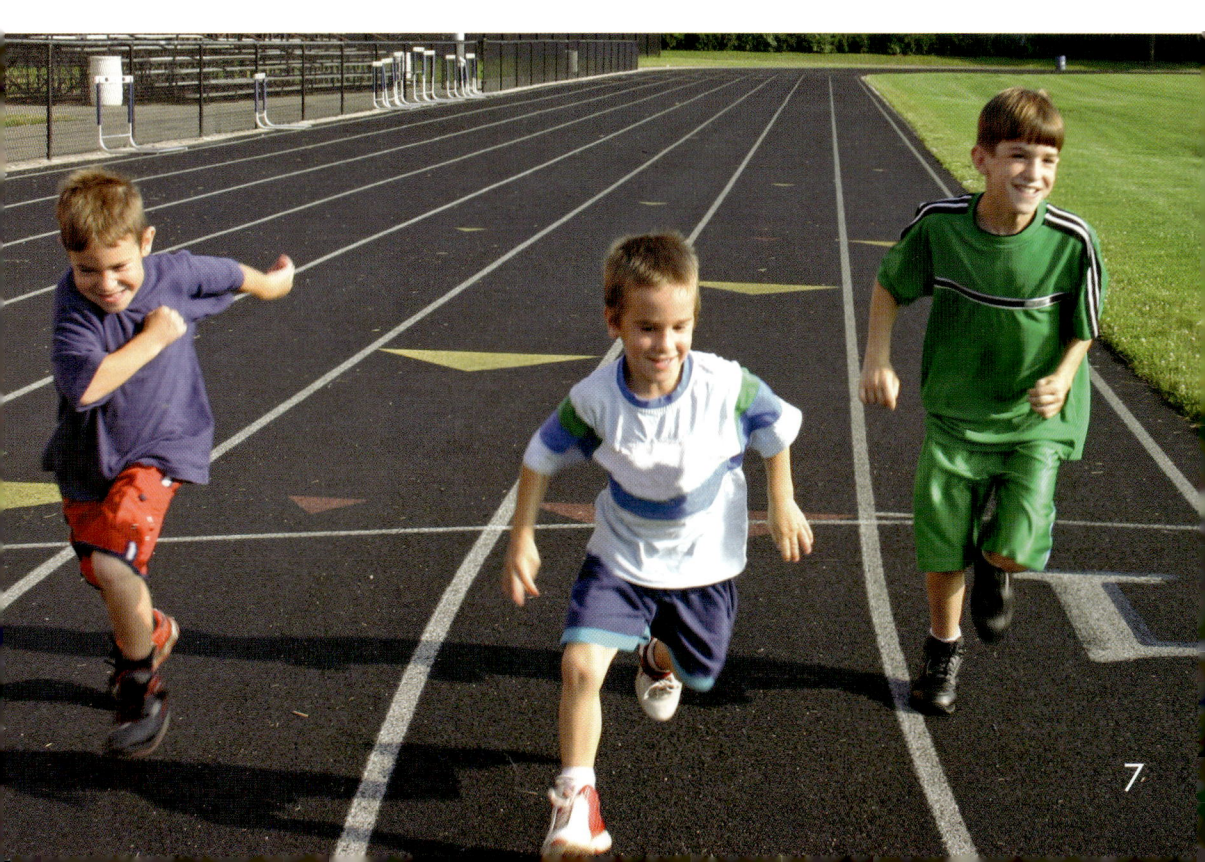

I can run!

I can sip!

I can zig and zag!

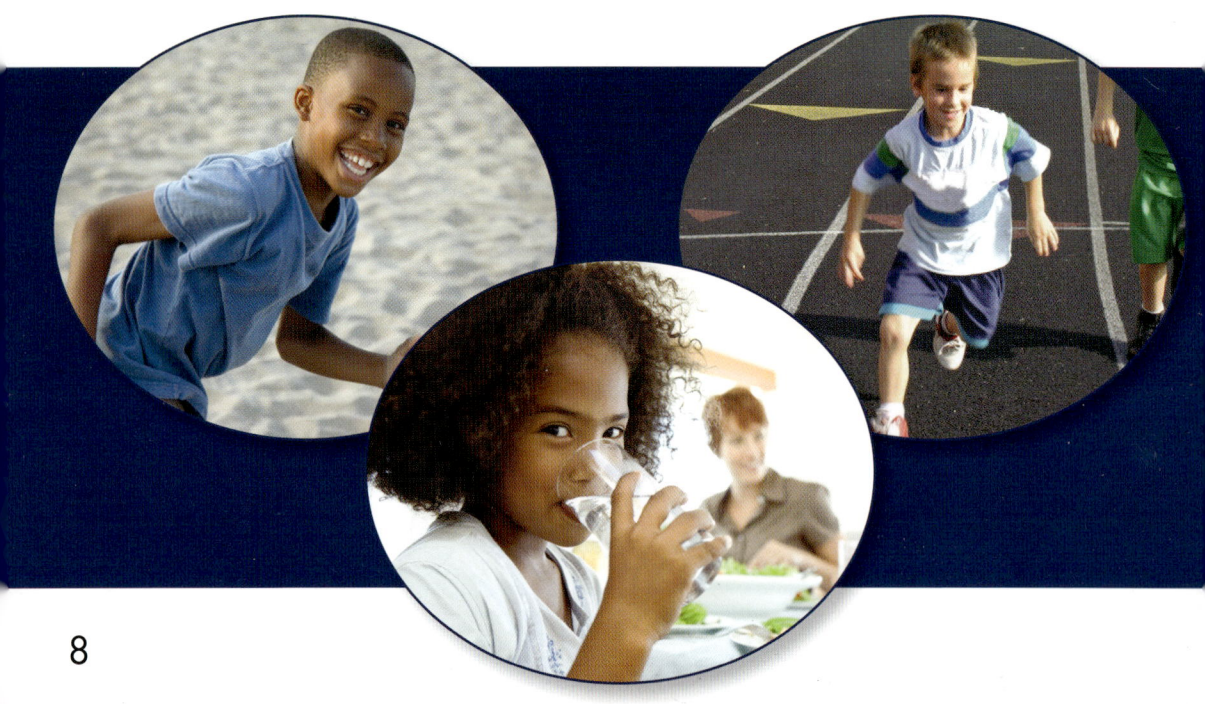